桜橋

新倉幸子歌集

Niikura Yukiko

六花書林

桜橋＊目次

装幀　真田幸治

桜橋

風紋

庭の木にあまた芽吹くを見つめいる夫の背細し明日は定年

職退きて初めて書きたる宿帳の職業欄に夫のとまどい

山すそに石楠花のはなこぼれおり人かげもなき寺の背戸山

日向見の薬師堂への坂道で茂吉と牧水の歌碑に出会いぬ

旅先に拾いし青き椿の実朱の色見せてわが庭に咲く

山陰の八雲旧居に人はなし芭蕉の碑のみ静もりて立つ

群青の日本海を背に負いて鳥取砂丘の風紋を踏む

桜橋

桜橋渡り毎週キャンパスに『源氏物語』を聴きに通うも

あめ色の蟬の抜け殻見つけたり木枯らし一号吹きし翌朝

コーラスの声なつかしく流れ来ぬ母校の講座に菊活けおれば

暖冬に成長早きさやえんどう白き花には蜂の飛びくる

髷を結い細面なる写真あり四十二歳で逝きし義母なり

一年の成長の早さ見する孫の寝顔に触るる人差し指で

幼子が昼寝をしたるその部屋は帰りしのちもやさしく匂う

三年余触れることなきピアノにて娘は子のためにドレミの歌弾く

春をもたらす

千代紙で折りし小箱に朝取りの絹さや入れて隣人に分く

大寒の夕に届きし一枚のハガキは吾に春をもたらす

里の庭に柘榴の花の咲くころか病の姉の笑顔がみたい

戌の日

戌の日の水天宮は賑わいて行き交う人は皆笑顔なり

助産師に「太き臍の緒」と褒められて丈夫な証とよろこぶ吾は

沐浴を終えたるからだを捧げ持つこの子生まれて一週間目

花つけし月桂樹のひと枝は男の子を産みたる典子の冠

燃えさかる西新井大師の大供養ダルマは千の役目を終えて

唄に聞く山茱萸の花を目にしたり三溪園の管理事務所前

大観ら集いしという茅葺の鶴翔閣は小雨に濡れいる

ケータイ短歌

大池にキンクロハジロ十羽いて腹の白さを際立たせおり

朝な朝なみかんの蕾ふくらめり葉陰にすでに花咲くもあり

馬鈴薯の花のむらさき匂う夜うすぐも出でて月をかくせり

日曜の夜はぷちぷちケータイ短歌穂村弘の顔まだ知らず

おさな児は夕風の吹くベランダに「ないね　ないね」と月を探せり

ラベンダー紫式部に桐の花むらさき好みし国語教師逝く

河口湖のボート乗り場の静もりを露天風呂より姉と見ており

去年の秋撒きし籾殻押し上げて茗荷出でたり淡き肌いろ

炎天下に競いて咲きたる百日草いろ褪せてきて秋風となる

三陸の青

リアス式海岸めぐる船を追い人慣れしたる鷗寄りくる

断崖より海見下ろせば何事も許されそうな三陸の青

阿武隈川越ゆれば紅葉は深くなり東北道を智恵子に近づく

ほんとうの空といわれて空あおぎ深呼吸する智恵子のふるさと

道路工事遅らせている白樫は幹太くして保存樹である

秋明菊咲きて命日近づけり半日臥して逝きたる母の

病とは人を選ばぬものらしき物忘れフォーラムに三〇〇〇人集う

不器用

観潮楼跡より見下ろす校庭に徒競走する学童のあり

玉葱を定植する午後時雨きて争いごとなど平らに均す

わずかなる年金受給はじまりて金の生る木は蕾をつける

不器用な娘と私おたがいの距離をはかれず不機嫌となる

竹藪に絡みてあかき烏瓜冬ざれの村に灯をともすごと

さりげなく自信ありげな顔ならぶ保険センター乳ガン検診

幼子は雨と雷聞き分けて台風よそにピアノと遊ぶ

明日の目覚め

野焼きする老人の背に冬日さす首に巻きたる手拭しろく

乳ガンの健診結果は要精検二人のむすめと確かめたるも

南天の根方に撒きし日もありきこの乳房よりほとばしるもの

霜降りしあしたも咲ける冬知らず、医療控除の算盤はじく

この冬を白菜の中に籠りいし小さな虫がころりと出でたり

柊は黄色の蕾ふくらます明日の目覚めをわれ疑わぬ

混み合える都立病院の窓口にニチイ学館の制服ならぶ

メール

心音は馬の蹄の音に似る　臨月近き娘よりのメール

庭に咲く白き椿のひともとは渡鳥と知る花の歳時記に

渡鳥ゆれて咲く庭ひかり満ち拾いて十年《ととせ》の実生なりしが

沈丁花ひときわ薫る春真昼婿のメールは安産を告ぐ

陽光という言の葉はやさしかり子を授かりし娘をつつみ

道の辺の地蔵が被る赤き帽そろう網目にはんなりと春

石垣行

ＪＴＡ石垣行の乗務員色黒にしてアップが似合う

午後七時しずむ夕日の輝きは君が飲み干すオリオンビール

生業《なりわい》と雖もかなし水牛は牛車牽くため生まれたりしや

指さしてガイドは言いぬ「小浜島」このごろ見ない国仲涼子

思い出の場所

旧友の電話はつねに声ほそし身近なるかな病むということ

空のみが見ゆる二階のガラス窓ツバメ過るは吉凶いずれ

ときめきとう名の紫陽花の咲いている権現堂は思い出の場所

まるまると太った蚯蚓は親しもよ収穫終えたるじゃがいも畑

見切品の朝顔の苗元気よく斑入りの花の大輪咲かす

不愛想にパンジーの種置いてゆく朝日新聞集金人は

朝に咲き夕べ散りゆく木槿なり診察券を五枚もつ吾

新しく金柑の花こぼれ咲く実りのころに和花歩かんか

「歌集とは借りて読んでも身につかぬ」河野裕子の教えのひとつ

右手に本左手に菅笠　銅像の長塚節は美男におわす

手際よく蚊帳つりくれし祖母がいた雷の鳴る夏の夕ぐれ

青き芽

市議選の事務所の中にも派閥あり空地の小さなプレハブ小屋の

民主党公認候補を売りにしてトップ当選は酒屋の息子

珍しく手刈りされたる稲田ありて切株に早も蘖の見ゆ

稲藁の乾く匂いを好みたる若き日の母もんぺが似合いて

さむざむと満月の夜に帰り来ぬ目覚めぬ姉を置きざりにして

軒下に吊るしおきたる玉葱は一列そろって青き芽を出す

這い這いで座布団のりこえ縋りくる這い這いは命あふるるしるし

リストラに合いて七年いまだ夢に事務改善を考える吾

彼岸すぎに種を蒔きたるネモフィラが早も芽を出すそのやわらかさ

ちんまりと苺の花が白く咲く秋に植えしが根づきし証拠

白樺に羽を休める二羽の椋鳥《むく》一羽が飛べば一羽が追いぬ

共に眠る

年に一度診察うける私とドクターをつなぐ電子カルテは

河川敷の改修工事するために常磐道ゆくクレーン車の見ゆ

森ふかくほつほつと咲く藪椿ふるびし鳥居を励ますごとく

足裏のたいらな和花が歩いたよ細胞ぐんぐん増える音させ

ふれあい区五側十八番いつの日か夫と共に眠る石室

成田山奥の院にて行き交うは高野山かたる和服の人ら

明治四十年永代御膳料納めし人は藤田留吉とあり

梅の香

梅の香に差のありしかと顔寄する老木と若木それぞれに良し

栗の木は樹齢八百年ふんばりて平家の里のシンボルなりき

特老に傾聴体験するわれに耳ふたつありムスカリの咲く

アカメモチの垣根の燃える新学期お隣の孫一年生となる

「花帆ちゃん」と呼べばにっこりする孫に前歯が二本生え初めにけり

黄色

土曜日の夜の防犯パトロール地域デビューを果たせる男

FAXに「帽子の編み方」受け取りぬ並太毛糸を明日は求めん

中気除け不動尊霊場萬満寺に長嶋茂雄の代参のあり

用水に棹をさしつつ舟はゆく金婚式の夫婦を乗せて

ノウルシは浮野の里に保護されて照れ臭げなり黄色にそまる

菜の花のなか走りゆく特急は黄色の車体の池袋行

柿若葉

柿若葉日ごと色ます夕つ方嬉しい便りひとつが届く

持て余す身を励まさんと読みつぎぬ田辺聖子『恋する罪びと』

短命のゆえか力の限り鳴く蟬よ百点とらなくて良い

都市開発の波はここにも押しよせて社をおおう樹木今なし

その昔森の奥にて見たる獅子今日炎天下に水分補給す

ヤブカラシ耕作放棄地をうめつくすと老いたる農夫の泣き言を聞く

炎天に蟻一匹を乗せたまま凌霄花は咲きのぼりゆく

凪のなか

東電に電柱分の土地を貸す地代は年に千五百円

四歳の子に生まれたる朝のこと初めて聞かすお泊りの夜

羅生門の老婆のこころ淋しかり高校講座のラジオに聞きて

漕ぎ出でしは昭和四十五年秋ふたりの舟はいま凪のなか

来し方を六十点と認め合い二人で祝うルビー婚式

天空へ　われを誘う線路あり埼京線の先頭車両

冬を迎える

屋敷林の落葉のつもる通学路　誰も掃かない私も掃かない

霜おりて白き小菊はむらさきに色をかえつつ倒れても咲く

豌豆のやわらかき芽に篠竹を斜めに立てて冬を迎える

三百食の人参ごはんを作るため検便をする食育ボランティア

カーテンを洗って吊るす単純は泣くこともなく過ぎしものかも

身辺を整えるとう先輩に『會津八一の法帖』を貰う

夕闇に八ツ手の花のしらじらと　君と見し日は遠くなりたり

撫牛

撫牛はあまたの善人に撫でられて黒光りする石像なりき

末枯れたる大根畑に仏の座ちんまりと咲く春の花なり

蠟梅の香れる部屋に歌集読む平穏は今日だけかもしれず

蒔き忘れし豌豆の種ひと袋ピアノの上に冬を越したり

はつはつと梅の花さく鎮守さま風の子どもが落葉と遊ぶ

ムスカリは律義者なり気がつけばいつもの場所にいつもの紫

仲見世通り

賑やかな仲見世通りを右に折れ茂吉の好みし鰻を食みぬ

朝なさな飲むセボチール一錠をお守りとしてバスに乗りたり

震災に兄と家とを失いし友のふる里は登米市と聞けり

才覚を持たざるままに生きのびて『老いの才覚』読み終えし午後

春休みの校庭しずか本を読む二宮尊徳無表情なり

深夜便に淡谷のり子の曲を聴く　吾にもひとつ別れのブルース

木瓜の花いろ濃く咲ける町はずれ自分の言葉を探して歩く

春雷は畑を打ちて吾を打つ続けることは難儀なりけり

田植え待つ水面の漣羨まし身軽に生きることを望みぬ

歌の種

浄土ヶ浜に遊びし古き写真見る　色褪せしない「雨ニモ負ケズ」

境内の桜の宮の祭神は木花開耶姫と知りたり

ピンク赤白きもありてすくすくと立葵咲く新盆の家

「凡作は良き歌の種」と聞き及び種を蒔きしが発芽の遅し

梟の風鈴はよし軽やかに森の話を聞かせてくれる

わくわくと栗木京子の声に聞く「現代短歌の水脈をたどる」

補助輪のことは忘れておみな子は得意げに漕ぐピンクの自転車

内視鏡写真に見たる胃の中は瑞々しくて　吾は生きてる

金魚柄の甚平二組縫いあげる　幸せはかく身近にありて

二本松にて

己が実を知ることもなくオクラ咲き黄色いドレスで風を楽しむ

老いてゆく者の作法をひとつ知り身は軽々と秋風の中

農を継ぐ息子に嫁のなきことを古き知人は会うたび嘆く

黙々と稲を刈りいる青年はもうすぐ五十歳になるという

レシピより砂糖をひかえジャムを煮る庭のプルーン一キロがほど

明日さえ何の保証もあらざるに来年二月の検査を予約す

震災後七ヶ月経て出身地の福島浪江を語る人はも

去年の秋二本松にて求めきし白菊の花あふれて咲きぬ

自家製の大角豆を使い炊く赤飯　耳鳴りくらい我慢しようか

ビューホテルの六階「歌留多」が今日の席女子会ランチは二時間あまり

路地裏を「鎌倉豆腐」の幟立てリヤカーを引く青年の見ゆ

陽だまり

臨月の腹を抱えて模試受ける祐子の行動に驚くばかり

二週間早く生まれし二女の二女コスモスの咲く庭にむかえる

万歳をして眠る児のふたつの手搗きたての餅のようなるその手

母親となりたる姉妹陽だまりに語り合うのを見るはうれしも

影踏みの楽しさ知りし幼子は「逃げて逃げて」と吾にせがみぬ

母に似ず行動的な花帆ちゃんの期待に適う体力が欲し

桜橋渡りて進む人の群れ落葉時雨にとりどりの傘

購読を進めてくれし人も逝き「短歌新聞」終刊となる

相模湾はさみて眺める富士の山江ノ電ホームにちっぽけな吾

子を背負いみすゞが待ちし人の名は旅の途中の西条八十なり

成田山新勝寺に引くおみくじは中吉なりき　ありがたきかな

今川焼

深沢七郎の味ならんかその昔「夢屋」に買いし今川焼は
今川焼「夢屋」のありしはこのあたり草加産業道路を歩く

霜枯れのパセリの根元に新芽つみ素揚げにすれば春のよそおい

ちちははを思いつつ飾るお雛さま手伝う孫にその血流るる

予定日

予定日は四月末日生まれ来る児の性別を娘より聞く

金目鯛の煮付けが皿から食み出して運ばれてくる保田港「ばんや」

代搔きを終えて田植えのときを待つ長狭街道に菜の花続く

子の家に手伝いをする三週間　吾の母性をすべて出し切る

本買うは「期待を買う」にどこか似るバス停前の高砂ブック

永久歯生える日を待つ一年生待つを楽しむ余裕を持ちて

啄木

城跡の桜の下に腹這いて眼つむれば吾も啄木

「どちらから？」地元の記者に問われたり姫神ホールの啄木フォーラム

北上ゆ初夏の風ふく川べりの「であいの道」に節子の足跡

庭荒れし「新婚の家」に展示さるる節子遺品の琴ほろと鳴れ

微笑する賢治の母の肖像画吾が知る人にどこか似ている

ＱＲコード

わが顎の黒子と遊ぶ孫ありてこの子のためなら玩具にもなる

ビニールのプールの水が温むころ孫たちが来る向日葵も待つ

請求書持ち来て鈴木タタミ店ＱＲコードを置いてゆきたり

ＱＲコード読みとり生産者の木村さんを知る熊本のひと

イグサの香ただよう部屋に足を組み蟬しぐれ聞く　今日はひとりだ

三歳にもわかるものらしリズムとり目を輝かす〈オズの魔法使い〉

性格も興味もことなる孫ふたり両側にして観るミュージカル

実りの秋

糸瓜忌と気づき手にする『子規歌集』三十五歳はあまりに若し

遺族席に小さくなりし友の見ゆ未亡人とう言葉は嫌い

美術展の友の切り絵に励まさる「実りの秋」よりこぼるるアケビ

幼稚園の運動会は近づきてテンション上がる指導者の声

台風の過ぎたる秋の空たかし土手のなだりに曼珠沙華咲く

常磐道いわき市めざす車窓より復旧工事の看板見ゆる

冬支度

赤松は菰に巻かれて冬支度「弓掛の松」の末裔ならん

蘇りし六角堂のベンガラの塗装にそっと指触れてみる

フロントに避難案内受けとりて不安はましぬ磯原の宿

洗濯機に洗われしような心地する海岸近くの宿に眠れば

読みさしの『歌言葉雑記』手に取りて宮地伸一の晩年おもう

親子三代

写真館に親子三代が勢揃い古希をむかえし夫をかこみ

六年余通い続けるクリニックに順番を待つわが誕生日

介護保険被保険者証受けとれどもわが残生を図りかねおり

大振りな林檎のふじのお裾分け信濃生まれの堀井さんより

突然にペンの止まりて涙出づ仮設住宅に出す年賀状

赤ワイン一本にて足る忘年会女四人は短歌の友だち

庭先にあまた芽を出す水仙を喜びとして年迎えたり

少しだけお洒落してゆく初歌会　題詠は「恋」足早になる

春の雪わずかに残るみずぎわに翡翠のみを待つカメラマン

回廊に腕をあずけて見ておれば邃渓園にウグイスの声

万歩計一万三千七百歩印しておわる七福神めぐり

北風が裸木鳴らして過ぎる夜われは湯船に眼をつむる

幾つかの襞をたたみし胸もちて世間話の座にわれもいる

初節句

雛壇をつくり毛氈敷きつめて飾り手の孫ら来るを待ちたり

笛を吹く五人囃子の髪とれてボンドでつける笑いの中に

いただきし歌集読みつつ付箋貼る、外す喜びは吾だけのもの

五十年ひとりを通し逝く義父よ平成五年九十五歳に

博物館のテラスより見る楷の木は「学問の木」とも呼ばれると知る

会うたびに成長みせる孫たちよ出来ることなら今のままが良い

「五十点の暮らしに満足せよ」という主治医の言葉ことばはクスリ

初節句につどいし人はみな笑顔小さな兜を飾れる部屋に

小太郎ヶ渕

妙雲寺のぼたん祭は昨日まで入園料の箱のみ残さる

交際は半世紀越す四人組塩原の湯に餅肌ひかる

戦いに敗れたる領主が身を投げし小太郎ヶ渕に草だんご食む

＊

「むらさきの海」と詠いし晶子の碑　妙見浦にその海を見る

マニキュアを塗るのは何年ぶりだろう淡きピンクに背を押されたり

さつまいもの花を初めて見し朝　農に生ききし人に誘われ

丁寧にもやしのひげをとりのぞく知りたきものをひとつ抱えて

久々に畑に行けば伸びすぎのオクラがツンと外方《そっぽ》むいてる

三井ゆきさんを詠みたる一首見つけたり「現代短歌」創刊号に

沖ななも氏の講演聞きて帰路につく胸にエッセイ集を抱きて

受講券

三ヶ所を藪蚊にさされ腫れる脛茗荷ひとつを採らんばかりに

熊谷の史跡めぐりに参加して吾の知らない姉のこと知る

荻野吟子没後百年吾が母の生まれし日に逝く六十三歳

川幅は四百メートル何ごとも無きがに流る坂東太郎

半日を臥して逝きたるわが母の祥月命日無花果供う

河川敷埋めつくしてる枯れ尾花師走の風に穂先あずけて

元日の深夜も働く人ありと製麺工場の煙突に知る

〈厳正な抽選の結果…〉さいたま文学館より届く受講券

枕時計

桶川へ行きて帰りて八千歩ひとり旅終え自信を得たり

たった一人残りし叔母がついに逝く　私の知らないわたしを知る人

おみくじの凶を忘れて浅草の演芸場に笑っておりぬ

時きざむ枕時計の冷酷さいのちをけずる音とも聞こゆ

雪に折れし梅の古木が花咲かす折れたるままに無心に咲かす

無患子の大木のある家に生まれ今なお住みて姉は患う

草思堂の椎の根方にカタクリは咲きて揺れおりただ揺れており

午年にご開帳なる観音様三十三ヶ所ゆっくり廻る

本堂の正面に見る「葵の御紋」家光公ゆかりの延命寺

樹齢八百年という大いちょう密厳院の空をも隠す

二兵衛屋敷の観音堂を守れるは婿を迎えしわが同級生

千羽鶴

二人子を持つ長女なり病院に搬送されしと深夜の知らせ

ＩＣＵベッドの上に四十二歳を迎えし典子よ「あきらめないで」

娘の家に蓄えありや医療費に不足のなしや　天井に問う

なぐさめは坊主頭の孫の笑み　すべて受け入れ前進するのみ

連絡帳にもろもろ記入し送る日々認可保育所に力を借りる

娘のためにバスを待つ間も鶴を折るバスの遅れも気にならぬなり

代われるものなら

唐黍の実をほぐしつつ典子思い「代われるものなら」外は雷鳴

孫二人と粉にカボチャを練りこんでワイワイ作る蒸しケーキうまし

病む母をもつ楓と並びキッチンに大さじ二杯のお味噌をはかる

寄りそいて〈く〉の字に眠るあねおとうと母の入院忘れぬ形

病床に弱音を吐かぬ典子なりいつからこんなに勁くなりしや

困りごと問いきて姉は自ずから「助けてやれる幸せ」を言う

気晴らしにと誘いくれたる友と来し一茶双樹記念館に便箋を買う

茨城の海

学校の昇降口に貼られたる「憲法九条」足とめて読む

南天は鬼門にありて実のあまた飛び来る野鳥の腹を満たせり

「みはらしの丘」より見下ろす太平洋ひとりの世界にどっぷり浸かる

茨城の海に向かって黙すれば波はつれさる吾の迷いを

海浜のコスモス園の坂道を風に吹かれて二人で歩む

八ッ頭の皮をむきつつ思案せり典子の家族の今後はいかに

茶のランドセル

幼子は葛湯のようにぬくもりぬ二泊三日の母の帰宅に

お祝いは茶のランドセル入学の五歳の花帆が選びたるもの

緊張をかくさず米を研いでいる娘を見守る家族三人

ほどほどに見えれば良しと思いおり白内障はまたも進みて

行きずりの床屋に毛染めをして帰る伝右川沿い春の午後なり

店先にふくらむ蕾あまたもつ桃をえらびぬその明るさを

誕生日に地球儀もらいし和花ちゃんはニュースに知りて「アンマン」探す

わが庭の小さな白い花の名をノースポールと知る道の駅

南越のスタバにコーヒーひとり飲むはじめてなれば吾は異邦人

授業参観

杖つきて授業参観に行く典子柿の若葉がそっと背を押す

日の当たる四年四組の教室に典子を待てる一脚の椅子

吾が脳は制御不能になりたるらし言わずもがなを言いて萎れる

「病気になる前のお母さんが好き」と言う楓の言葉はいつも直球

紫陽花の頃

久保さんは松山生まれ子規のことあれこれ教えてくれた人　逝く

新しき出会い少なくなりし身に訃報は届く紫陽花の頃

道子姉は淡いピンクのカーディガン姉妹つどいて傘寿を祝う

道子姉の俳句集十冊の『傘寿に寄せて』はその娘が作りし

リビングに吊るされている千羽鶴朝に夕に助走の気配

庭畑の草を引きつつ赤まんまの茎一本を残しおきたり

元兵は九十二歳今もなお平和への思い短歌に託す

石井さんの語るパラオでの体験を静かに聞きぬ終戦記念日

黒ずめるレースのカーテン十余枚洗って流す悲しみもあれ

家族

駆け寄りし三歳の孫とハグをして詮なきことをまた思いおり

距離をもち娘の家族を見守れば案外仲良し楓と典子

当たり前の暮らし信じておりしかど吾は子をもつ憂いを詠みぬ

西日受けたわわに実る蜜柑の実その輝きを羨しく思う

吾が病めばおのずと遠のく孫のあし嘆けば夫は無口になりぬ

田村さん

「白鳥」と名札をつけし看護師に左手あずけて牧水おもう

七年を病みて旅立つ早苗ちゃん五十一歳かわいい姪なり

退院の吾をむかえる春の庭頭もたげて咲くフリージア

キッチンの窓より見ゆるくちなしの艶やかにして香りまたよし

この時期に払込取扱票が毎年とどく「憲法九条を守る会」より

早起きの褒美ならんとうれしかり金木犀の香を一人占め

吾が歌を誉めてくれたる田村よしてるさんもう埼玉歌会にこない

あやとり

太平洋を見下ろして立つ八幡太郎義家の像思案顔して

公園のベンチに秋の日を浴びて三つの陽《ひなた》とあやとりをする

成るように成るとはいえど療養中の娘を思えば穏やかならず

争いを避けたき故に口つぐむそんな私を狡いと祐子は

冬空に笑うがごとき山東菜明日は市場へ運ばれてゆく

嫁ぎゆき五十年へて背の曲がる専業農家の姉の一人は

娘の机今はすっかりわれの物　花瓶にさしたる水仙かおる

ひとり居て山中智恵子歌集読むこの平穏はわれだけのもの

これまでのたった一度の満点は高二のときの国語のテスト

椿の実

指宿の旅に拾いし椿の実五本の木となり三十年過ぐ

年ごとに花かずを増すアイリスが今年はなぜかひとつも咲かぬ

泣きごとをメールしてくる小六は「ばあばの家は相談所」と言う

右足をかばいて階段登りゆく六年三組の授業参観

病得て五年目となるわが典子少しは愚痴を言ってもいいのよ

見下ろせば田の三枚に水が入り輝きておりもうすぐ田植え

農繁休暇今になつかし姉の子を背負いて田植えを見ていたわたし

朽ちかけた小屋を取りまく雑草の中に目を引くどくだみの白

外壁の塗装工事に十年の保障がありて人にはなきもの

梅の実のあまたが落ちて小山なす久伊豆神社の鳥居のもとに

「生きゆくは老いてゆくこと」と詠まれいて私の胸を深く突き刺す

血管年齢

毎日が私を置いて進みゆく　今日は夏至なり風鈴さげる

保健センターに測定したる血管年齢は実年齢より五歳も若い

久し振りの雨に打たれて喜べる布袋葵の紫の花

満天星の葉をしっかりとつかんでる蟬の抜け殻三つ数える

約束の電話待ちつつ見下ろせる隣家の柚子は当り年なり

自転車の籠のなかなる吸殻は禁煙できぬ夫の仕業

病む母に子はそっと言う「夢でいいから以前のママに会いたいよ」

終活を進めておれば出てきたり「ＶＤＴ作業従事者証明書」

職人が七、八人いて街道の松に菰巻く今日は立冬

口紅

明るめの口紅一本買い求めひとり楽しむ今日から七十歳

冬の陽を浴びてみかんが光ってる時には風と戯れながら

キッチンに小豆を煮つつ娘の家族待つは嬉しも至福の時ぞ

「笑いヨガ」は作り笑いをせよと言う応えられない不器用な吾

四世代十三人の暮らしありわれは七歳で叔母となりにき

正月の座敷

正月の座敷に父を誉めるもの母に感謝をするものらあり

県道の工事が終り前方の信号は「あお」良きことのあらん

冬野菜片付けられて石灰を撒かれたる畑は退屈そうなり

娘を思い心弱りておりたれば人にも会わずひと日が終る

NHKカルチャーラジオ「漢詩を読む」加賀美幸子の朗読が好き

成績は普通なれども一年間休まず登校それで充分

病む母の膝に甘えている楓もうすぐ中学背筋のばして

幸うすき陽は五歳の甘えんぼ元気な母をビデオにて知る

みすゞの詩を小四の花帆は暗唱す「星とたんぽぽ」いつ覚えたの

綿雲

古里に今も残りし古井戸に井戸神様は祀られており

「お父さんを残して逝けぬ」と言いし姉八時間余の手術に耐える

久々の自由時間を縁側にまどろみおれば吾は綿雲

手にひらく鰯の腸はなまぐさき　仕方ないことまた思いおり

湯藤さんは五十五歳の元上司故郷に戻り就活と言う

救急搬送されたる記憶なけれども吾はニトロを持ち歩く身に

気がつけばＩＣＵのベッドの上夫と祐子が駆けつけてくる

終活の一つと思い娘らに臍の緒と母子手帳を手渡す

戻れる場所

お年玉年賀ハガキは三等二枚きっと良い歌詠める気がする

六度目の年女なり今年こそ病に負けず凡作詠まん

吾が歌が活字になるのは一年ぶり戻れる場所のありて嬉しき

スーパーに青森産の王林とサンふじ並ぶ　青森は雪

県議選わが選挙区は無投票県議となりしは同級生の子

町会のグランドゴルフ大会より満面の笑みで帰り来し夫

職退きて早十五年好ましきは郷に従う夫の人柄

新しき眼鏡手にして思いおりこれが私の最後の眼鏡と

得意なる腕立伏せを繰り返す陽七歳病む母をもつ

和菓子屋の草餅食めばよみがえる母と蓬を摘みたる記憶

水泳部に籍置く楓は中二なり部活の成果が肩に出ている

跋

川田由布子

　新倉幸子さんが短歌人会に入会したのは平成二十年五月のことである。まだ十年余であるが、その十年前からＮＨＫ学園通信講座や越谷の歌会で短歌を学んできたということなので、歌歴は二十年以上になる。

　その新倉さんがこの度歌集を上梓することになった。歌集を出したことのある人は分かると思うが、歌をまとめるのは大変なエネルギーが要る。しかし新倉さんは、歌集を出すと決めた時にはすでに原稿をまとめあげていた。大学ノートに手書きできちんと整理してあり、歌集への強い思いが伝わってきた。昨年の夫の喜寿と今年迎えるという金婚式、そして夫への感謝の気持が大きな力となったようだ。

庭の木にあまた芽吹くを見つめいる夫の背細し明日は定年

定年の歌を巻頭におくのはめずらしいが、夫への感謝と家族への愛がこの歌集をつらぬく主題であるので、それにふさわしい歌だと思う。素直な気持ちが表れている。夫を直接歌ったものは数としては少なく、大切にしたい一首だ。

新倉さんには二人の娘がいる。典子さんと祐子さんという。それぞれに子供がふたりずつ、つまり新倉さんには四人の孫がある。まず長女の家族の歌を引いてみたい。

一年の成長の早さ見する孫の寝顔に触るる人差し指で

花つけし月桂樹のひと枝は男の子を産みたる典子の冠

子の家に手伝いをする三週間　吾の母性をすべて出し切る

孫の寝顔に人差し指でそっと触れるときのやさしい気持が出ている。二首目は二人目の子が男の子だったのでそれを喜び誉めている。何十年も前だったら「でかした」というところだろうか。その手伝いに行った時の三首目で「吾の母性をすべて出し切る」と言い切ったところが新倉さんらしい。

　這い這いで座布団のりこえ縋りくる這い這いは命あふるるしるし
　足裏のたいらな和花が歩いたよ細胞ぐんぐん増える音させ
　お祝いは茶のランドセル入学の五歳の花帆が選びたるもの

二女の家族の歌を三首。一首目の「這い這いは命あふるるしるし」、二首目の「細胞ぐんぐん増える音させ」と、その成長を生命力あふれる言葉で作品に仕上げた。やがて成長した花帆ちゃんが入学前に選んだのは「茶のランドセル」、自立への一歩として頼もしく思ったことだろう。

　霜降りしあしたも咲ける冬知らず医療控除の算盤はじく
　庭に咲く白き椿のひともとは渡鳥と知る花の歳時記に
　ときめきとう名の紫陽花の咲いている権現堂は思い出の場所

家族に深い愛を注ぐ新倉さんだが一方、植物とくに花がお好きらしい。趣味の一つのようだ。随所に花の歌があり、彩を添えている。旅行先で拾ってきた種から大輪の花を咲かせたというのもあったが、ここでは珍しい名前の歌をとりあげた。「冬知らず」「渡鳥」「ときめき」など魅力的な名前は読んでいて楽しい。

市議選の事務所の中にも派閥あり空地の小さなプレハブ小屋の
民主党公認候補を売りにしてトップ当選は酒屋の息子
東電に雷柱分の土地を貸す地代は年に千五百円

こんな歌もあって目を留めた。広い意味での社会詠で、一冊のアクセントになっている。選挙事務所、民主党公認候補、電柱の土地代など短歌にしにくい素材を作品にしてしまう、それも個性のひとつといえるだろう。

ふれあい区五側十八番いつの日か夫と共に眠る石室
漕ぎ出でしは昭和四十五年秋ふたりの舟はいま凪のなか

長年連れ添った夫婦の哀歓が出ている。一首目「いつの日か夫と共に眠る石室」、二首目「いま凪のなか」にはともに歩んできた人生のさまざまが垣間見える。今年めでたく金婚式を迎えるというご大妻にお祝いを申し上げる。

そうはいっても常に平穏だったわけではない。長女が病気になったことで心配や苦労をなさっている。そのときのことを率直に表現した良い歌もあるので、たくさんの方に読んでいただきたい。

新倉さんは短歌人会を平成三十年六月に一度退会している。昇欄して半年での退会だったのでたいへん驚いた。が、半年後の平成三十一年一月に「私には短歌しかない」と再入会し、その心境を次のように歌っている。

吾が歌が活字になるのは一年ぶり戻れる場所のありて嬉しき

そして、この度のこの歌集につながったことを著者とともに喜びたい。これからも短歌を続けてくれると信じている。

あとがき

平成十年、私は以前から興味のあった短歌を学ぶべくNHK学園通信講座の短歌部門に入会し、ご指導受けておりました。

併せてその一年後からは、独協大学のオープンカレッジ『源氏物語』講座に五年ほど通いましたが、短歌の友達に出会うことはありませんでした。

三年目になろうとしていたある日、教室の仲間が声をかけて下さり、私は思い切って「短歌サークル」のことを聞いてみました。

「それなら、越谷の東武歌会へ一緒に行ってみない」ということになりました。

その時の嬉しさは今でも良く覚えております。

当時代表を務めておられた伊東悦子氏はじめ十五人ほどの会員は皆親切で、年二回小冊子を発行しておりました。

その後、伊東悦子氏は亡くなられましたが、「水葉会」と名を改めての再出発です。

この会には染宮千鶴子氏や野中祥子氏、安藤厚子氏などの「短歌人」の会員が多くおられました。中でも染宮千鶴子氏は、時々「短歌人」会員の歌集を貸して下さり、私も新しい世界に触れる喜びで一杯になりました。その後、勧められましたので身の丈も考えず入会させて頂きました。前後して三人の「短歌人」一年生の一人となりました。

入会して十年、自分自身満足できる短歌はまだまだ詠めませんが、短歌の世界に浸ることを楽しんでおります。

歌集を出すなど夢にも思いませんでしたが、昨年暮れの夫の喜寿またこの秋には金婚式を迎えるにあたり、夫への感謝と共に己の来し方を振り返り、今後の作歌姿勢の手掛りにと勇気を出しました。

この度、川田由布子氏のご指導を頂くことにより、三六九首を編み、出版の運びとなりました。歌集名は作品の中から『桜橋』とつけました。

上梓にあたり、川田由布子氏の手厚いお導きと身に余る跋文を頂戴いたしましたことに、心から御礼申し上げます。日頃、暖かく励まして下さる短歌の友人にも感謝いたします。
また、拙い歌を編むにあたり、出版をお引き受け下さいました、六花書林の宇田川寛之氏に深く御礼を申し上げます。

令和二年二月

新倉幸子

著者略歴

1947年11月　埼玉県南埼玉郡八條村生まれ
2010年５月　「短歌人」入会、現在会員

〒340-0802
埼玉県八潮市鶴ヶ曽根97－1

桜　橋

2020年３月26日　初版発行

著　者――新 倉 幸 子

発行者――宇田川寛之

発行所――六花書林
〒170-0005
東京都豊島区南大塚３－24－10－１Ａ
電 話 03-5949-6307
FAX 03-6912-7595

発売――開発社
〒103-0023
東京都中央区日本橋本町１－４－９　ミヤギ日本橋ビル８階
電 話 03-5205-0211
FAX 03-5205-2516

印刷――相良整版印刷

製本――仲佐製本

定価はカバーに表示してあります
ISBN978-4-907891-99-2 C0092